COLLECTION

Cascade

ROGER JUDENNE

LE LÉVRIER DU PHARAON

ILLUSTRATIONS DE CHRISTIAN HEINRICH

RAGEOT - ÉDITEUR

« À Delphine B, quelque part au Paraguay, et à toutes les Delphine du monde qui préfèrent les crinières dans le vent aux muselières. »

Collection dirigée par Caroline Westberg

ISBN 2-7002-1069-7
ISSN 1142-8252

CHAPITRE I

Le vent chaud court dans la savane. Les tiges sèches se penchent en un long frémissement qui parvient aux oreilles du roi nègre. Le jeune léopard qu'il tient en laisse dresse la tête et flaire les odeurs fortes des girafes, des autruches et des gazelles qui peuplent la plaine herbeuse. Au-delà de l'horizon, on devine le vaste désert de Nubie, immense espace de solitude, de chaleur et de sable qui s'étend jusqu'aux bords de la mer Rouge.

– Les Égyptiens aiment la peau soyeuse de l'antilope et de la gazelle, déclare le roi. Dans ces herbes que tu imagines désertes, Marchand, les animaux se cachent en plus grand nombre que les abeilles dans une ruche.

Menhoutep sourit. Ce n'est pas la première fois qu'il vient commercer dans ces lointaines régions. Il sait les Nubiens bavards, exubérants et grands amateurs de bijoux de pacotille et de tissus colorés.

– Je n'en suis pas aussi sûr que toi, le provoque-t-il.

Le roi nubien lui jette un regard de défi, lève lentement le bras puis donne le signal.

– On va voir...

Au loin, des aboiements s'élèvent. Des nègres libèrent les lévriers qui partent en poussant des cris d'impatience.

Nazlet, le fils du marchand Menhoutep, saute sur le dos d'un âne pour mieux suivre le spectacle. Son père lui a déjà raconté les grandes chasses que Pharaon, les princes et les rois du Soudan organisent dans le désert pour capturer l'antilope et la gazelle. Mais il n'a jamais assisté à ce spectacle digne de Pharaon lui-même.

– On ne les voit pas parmi les herbes, dit Nazlet.

– Les chiens doivent débusquer les gazelles. Après, ils sauront les diriger dans la plaine. Tu les verras.

L'enfant met la main en visière et guette les apparitions furtives des grands chiens courants quand ils sautent au-dessus des herbes. Les aboiements nerveux parviennent jusqu'au petit groupe qui a pris position sur un monticule de sable, à la limite de la savane et du désert.

Soudain, les têtes fines de trois gazelles surgissent. De courtes cornes torsadées brillent, disparaissent et s'élèvent à nouveau un peu plus loin. Leurs corps souples décrivent des arabesques imprévisibles dans les vibrations de chaleur qui enflamment l'air. Les gracieux animaux bondissent très haut et détalent en direction du désert, là où elles comptent sur la vitesse de leurs pattes fines pour distancer les lévriers.

Nazlet est émerveillé par la beauté de cette course. A plusieurs reprises, il a observé des gazelles et des antilopes dans les parcs des palais princiers. Jamais il ne les a vues dans l'espace sans fin, livrées à l'immensité et à la liberté.

– Regarde, Marchand, les Técems les contournent et vont les rabattre devant nous, dit le roi nègre.

Par une série de bonds extraordinaires, les trois gazelles jaillissent des dernières herbes hautes et s'engagent dans l'espace libre où les maigres arbustes rabougris annoncent le désert tout proche.

Derrière elles, les lévriers survolent le sable brûlant sans paraître y poser les pattes. Les robes fines, blanches et délicatement brunes des Técems rivalisent de beauté avec celles des gazelles.

Les chiens aboient de plus en plus furieusement. Leurs pattes s'ouvrent et se ferment en un mouvement rapide de ciseaux. Ils rejoignent les fugitives et les contraignent à prendre la direction des hommes.

Le premier Técem talonne la plus jeune des gazelles. La bête apeurée tente de lui échapper en virant brusquement dans un grand nuage de poussière ocre.

Mais d'autres chiens l'entourent déjà et les mâchoires puissantes se referment sur les pattes frêles...

Le craquement sec des os brisés parvient aux oreilles de Nazlet.

– Ne sont-ils pas excellents ? triomphe le roi nubien.

Nazlet n'entend pas la réponse de son père. Il ne peut arracher ses yeux du massacre qui se déroule devant lui.

CHAPITRE II

La longue caravane des ânes chargés de l'ivoire, des arbustes à encens, de l'or, des peaux de léopards et des nombreuses plantes servant à fabriquer les parfums s'étire parmi les dunes. L'aube blanchit à peine et étire de longues ombres mouvantes sur les sables.

– N'es-tu pas malade, mon fils ? demande le marchand Menhoutep en s'approchant de Nazlet. Ton sommeil a été très agité et j'ai craint toute la nuit que la fièvre ne se soit emparée de toi.

– Non, père. Je vais bien...

– Le soleil se lève à peine. Avant ce soir nous aurons atteint les rives du Nil et nos bateaux. Demain, nous ne souffrirons plus de cette chaleur accablante, continue le père.

Nazlet ne répond rien. Une nuit peuplée de cauchemars l'a laissé triste et fatigué. Pendant des heures, les gazelles bondissaient et tentaient d'échapper aux Técems.

Toujours, les chiens finissaient par les attraper. Le craquement des os broyés par les solides mâchoires retentissait dans ses oreilles et revenait sans cesse en écho, comme s'il eût rebondi sur les parois des montagnes.

– Sais-tu que les affaires ont été bonnes ? J'ai acheté plus de peaux et d'ivoire que mes navires ne peuvent en contenir. Il m'a fallu en laisser chez notre hôte...

Les ânes baissent la tête et avancent en épousant les courbes des dunes. Leurs petits sabots se posent sur les vaguelettes modelées par le vent sur les sables. De temps en temps, un serviteur lance un appel et le soleil naissant flambe sur son torse nu.

– Ce matin, tu dormais. Le roi est venu en personne nous souhaiter un bon voyage et un rapide retour en Nubie... Il a le sens des affaires ! Il m'a demandé de tes nouvelles et t'a fait un cadeau.

– Un cadeau...

– Oui, attends.

Menhoutep esquisse un signe. Tout en marchant, un serviteur plonge une main dans l'un des deux paniers que porte un âne et saisit une sorte de paquet enveloppé dans un tissu blanc. Quand il approche, la boule s'anime et des cris plaintifs précèdent l'apparition de deux oreilles pointues et d'une tête étonnée.

– Regarde comme il est beau ! s'exclame le père en prenant le chiot et en l'offrant à son fils.

Un sourire s'ébauche sur le visage de Nazlet. Il tend les mains et se réjouit. Soudain, il hésite.

« C'est un Técem... Il est de la race des chiens qui tuent... »

Nazlet se souvient du carnage auquel il a assisté la veille et les images terribles de ses cauchemars remontent en lui.

Mais le chiot semble attendre la main de l'enfant. Il implore du regard, comme s'il comprenait que Nazlet est son nouveau maître.

– Tu es heureux ?

– Oui, père. Il est beau. Je l'appellerai Lididim.

La courte hésitation a provoqué une pointe d'inquiétude dans le cœur de Menhoutep. Nazlet est son unique fils. Un jour, il sera marchand et lui succédera. Le cadeau du roi de Nubie est riche de promesses commerciales pour l'avenir. Aussi, Menhoutep aurait-il mal supporté un refus de son fils. Mais, maintenant, il sent son fils heureux et il sourit.

– Offrir un Técem, c'est un gage de grande amitié. Il faudra t'en souvenir quand tu seras grand, ajoute-t-il en s'éloignant. Soigne-le bien...

Nazlet cherche une position plus stable sur son âne et installe le petit animal au creux de ses bras. Le chien est très beau et sa robe blanche ombrée de reflets ocre évoque la légèreté et la douceur de la soie.

– Ce n'est pas ta faute si tu es né Técem et si tu appartiens à une race de chiens qui tuent les gazelles et les antilopes. Tu n'y es pour rien... et ceux de ta race non plus... On les a dressés à la chasse... Mais toi, je t'apprendrai l'amitié.

CHAPITRE III

Pendant plusieurs jours, les bateaux à voile carrée de Menhoutep descendent le Nil.

Le jeune chien fait la joie de Nazlet. L'animal est d'une grande beauté. Quand il ne joue pas, il gagne l'avant du bateau pour regarder défiler les rives verdoyantes du fleuve où les fellahs manœuvrent le chadouf pour irriguer le blé. Il allonge les pattes avant dans le prolongement de son corps fin, dresse ses oreilles pointues et ramasse sa croupe en creusant ses flancs.

« Dans cette position, il ressemble aux statues et aux peintures du dieu Anubis », pense Nazlet.

Mais l'enfant ne parvient pas à faire taire une petite voix dans sa tête qui lui rappelle qu'Anubis est le dieu de la mort, ce qui évoque en lui les images cruelles de la chasse dans le désert.

Petit à petit, le nombre des bateaux qui

circulent sur le Nil augmente. Un soir, ils atteignent Thèbes.

– Nous arrivons à la maison, mon fils.

Pendant deux jours, Menhoutep surveille le déchargement de tout ce qu'il a acheté en Nubie et plus loin encore, dans le pays des Pounts. Ses entrepôts regorgent de marchandises précieuses et il y a tant d'ivoire, de peaux d'antilopes, de bois rares, de parfums, de plumes et d'objets d'or et d'argent qu'il engage plusieurs gardes pour surveiller ses trésors.

Le prince qui gouverne la région de Thèbes porte le titre de Nomarque. C'est un homme puissant et chacun affirme dans la ville que Pharaon écoute ses conseils.

– Les richesses que tu es allé chercher dans les royaumes du sud dépassent en splendeur tout ce que je connais, dit-il quand Menhoutep lui présente quelques-unes de ses plus belles pièces.

– Seigneur, tu me fais grand honneur... répond humblement le marchand.

– Ces peaux d'antilopes sont douces. Magnifiques... Cet or, ces ivoires...

Le Nomarque caresse chaque objet précieux en connaisseur avisé.

« Pharaon appréciera ce luxe rare. Lui offrir des objets d'un tel raffinement le mettra dans de bonnes dispositions et l'incitera à me décerner une charge de ministre », pense-t-il secrètement.

– J'achète les plus beaux de tous les trésors que tu as rapportés. Tu discuteras le prix avec mon intendant.

– Seigneur... balbutie Menhoutep.

Le Nomarque se lève, avance et prend le bras du marchand qui, rouge de confusion, se trouve dans une situation qu'il n'a pas prévue. Il s'apprêtait à discuter âprement et se trouve désappointé par une conclusion aussi facilement et rapidement acquise.

– Pharaon aime les bons marchands et veut qu'ils soient encouragés...

Le prince marche lentement et entraîne son hôte à l'extérieur, dans un superbe jardin à la végétation luxuriante. Des oiseaux rares et des animaux magnifiques, venus des pays les plus lointains, offrent au visiteur la splendeur de leur plumage ou de leur pelage soyeux.

– J'offrirai à Pharaon la plupart des objets que je viens de t'acheter. Il saura reconnaître en moi un fidèle serviteur. Je veux te prouver ma reconnaissance. Une

école de scribes forme dans mon palais les futurs hauts fonctionnaires qui serviront Pharaon dans quelques années. Dès aujourd'hui, je réserve une place pour ton fils.

– Seigneur... C'est un très grand honneur... et... marmonne Menhoutep.

– Le fils d'un homme tel que toi mérite de servir Pharaon.

Ils traversent le parc. Partout des gazelles fragiles, des girafes fières, des lions, des léopards et des panthères rivalisent de beauté avec les zèbres, les antilopes ou les oiseaux multicolores.

– Ne sont-ils pas splendides ? interroge le Nomarque avec un sourire de fierté. La prochaine fois que tu visiteras des contrées étrangères, rapporte-moi les plus beaux animaux pour ces jardins. La chasse et mes animaux sont les deux choses que j'aime le plus au monde !

CHAPITRE IV

– Père, implore Nazlet, je ne veux pas aller à l'école des scribes.

– Le Nomarque m'a accordé une très grande faveur. C'est un honneur pour notre maison. Je ne peux refuser sans lui infliger une offense qu'il ne me pardonnerait jamais !

– Il est encore si jeune... ose la mère de l'enfant pour le défendre, et nous n'avons que lui. Peut-être pourrions-nous attendre quelques semaines ou quelques mois ?

Menhoutep s'irrite de tant de paroles. La perspective d'envoyer son fils unique dans la meilleure école de scribes de Thèbes comble sa fierté de père.

– Un jour, tu serviras Pharaon. Il n'est pas de tâche plus noble sur cette terre !

En vérité, au plus secret de son cœur, le père hésite à se séparer de son unique fils. L'avenir de Nazlet est de devenir marchand pour lui succéder, non scribe.

Les jours passent.

De temps en temps, Menhoutep reparle de l'école du Nomarque, mais Nazlet et sa mère sentent confusément que chaque jour passé effrite la volonté paternelle.

– Je ne veux pas te quitter, répète Nazlet à son Técem.

Pendant des journées entières, l'enfant disparaît avec son chien. Au soir, il raconte à sa mère les longues courses dans les marais, sur les rives du Nil ou dans les dunes brûlantes du désert proche.

– Aujourd'hui, je suis allé récolter les papyrus, confie-t-il. Les gens du village en feront des cages, des paniers, des nattes et des barques. Au retour, on a pêché des clarias. On est passé à côté d'une famille d'hippopotames...

– Tu vas trop loin, lui reproche sa mère.

Les rives du Nil sont dangereuses. Un jour, tu rencontreras les crocodiles et ils te croqueront.

– Lididim me défendra... répond l'enfant sans grande conviction.

Car Lididim, s'il est un animal superbe, n'est encore qu'un jeune chien.

– N'est-ce pas que tu me défendrais si les crocodiles m'attaquaient ? l'interroge-t-il quand ils se reposent sous les palmiers ou les figuiers après une course qui les laisse l'un et l'autre à bout de souffle.

Lididim devient chaque jour plus fort. Déjà, la musculature et l'ossature du Técem laissent apparaître dans le jeune animal une puissance étonnante. Sous la robe couleur de sable chaud, Nazlet sent à chaque caresse, une nouvelle force se développer dans les muscles fins. La mâchoire surtout devient redoutable.

– Je suis le plus fort ! clame Nazlet quand le jeu les pousse à se rouler dans la poussière et que l'enfant saisit à pleines mains les deux mâchoires pour dégager ses jambes immobilisées.

Ces derniers temps, les luttes tournent nettement à l'avantage de l'animal.

– Lididim... prononce doucement Nazlet.

Le Técem relâche son étreinte et l'immense complicité qui les unit transforme la lutte inégale en course folle ou en cabrioles joyeuses.

Une fois, au moment de la récolte, ils accompagnent un voisin qui possède une plantation de figuiers. Des singes hamadryas dressés se chargent de monter aux arbres et cueillent les fruits avec une dextérité surprenante. Lididim suit des yeux ces animaux agiles et vifs qui jacassent sans cesse. Pendant des heures, ses oreilles pointues épient les palabres et les frémissements des feuillages au passage des singes.

– Lididim, viens. Nous partons...

Il faut l'appeler à plusieurs reprises et le saisir par le cou pour l'entraîner vers le bord de l'eau.

CHAPITRE V

Menhoutep prépare une nouvelle expédition vers la Palestine et la Syrie. Quatre bateaux à voile carrée et double mât sont en cours d'armement, immobiles le long des quais de pierre que le marchand a fait construire face à ses entrepôts.

– Tu viendras avec moi, fils, annonce-t-il.

Nazlet lance un bâton dans l'eau. Lididim le ramène après avoir plongé sans hésitation dans le fleuve.

– Certainement, père.

Depuis que le Nomarque a proposé une place à l'école des scribes, le père a tenté plusieurs fois de vaincre la résistance de l'enfant. Petit à petit, les allusions se sont faites plus discrètes.

– Nous partirons bientôt. Prépare tes bagages.

Nazlet relance le bâton. Lididim le saisit dans un éclaboussement d'eau. Il le tient fièrement dans sa gueule et ses pattes puissantes labourent le fleuve pour le rapporter à son jeune maître.

– Allez, allez ! l'encourage Nazlet.

Le chien sort et se secoue vivement. Des milliers de gouttelettes enveloppent l'animal et brillent dans la lumière. Nazlet se recule de quelques pas pour ne pas être éclaboussé. Il s'empare du bâton et le relance dans le Nil. Le père sourit.

« Cet enfant a besoin de soleil, de grand air et de courses avec son chien, pense Menhoutep. C'est une jeune plante sauvage qui souffrirait d'être enfermée dans l'austérité d'une école de scribes... »

Mais toujours, sa fierté de père l'amène à imaginer son fils aux côtés de Pharaon, partageant les secrets d'un Dieu sur la terre.

« Mon fils servant le roi des rois... »

Le jeune chiot Técem ramené de Nubie se transforme en un solide animal. L'amitié grandit entre le chien et l'enfant. Les longues courses dans les sables, les baignades dans le Nil, les escapades dans les marais et les forêts de papyrus, les luttes dans la poussière et les heures de caresses à l'ombre des orangers occupent leurs journées. Quand la première étoile s'allume dans le ciel, Nazlet se couche et Lididim s'allonge sur le tapis, au bord du lit. La main de l'enfant s'égare dans les poils du cou et tous deux s'endorment jusqu'à ce qu'une nouvelle journée les épuise en jeux, rires et multiples joies.

– Tu es fait pour la course, pas pour la chasse...

Pourtant, Nazlet ne hait pas la chasse. Il connaît l'excitation que procure la poursuite d'un gibier. De temps en temps, il aime se faufiler dans les marais, le dos courbé, prêt à lancer le boomerang sur le premier canard ou la première grue qui s'envole. Les grandes chasses organisées par le Nomarque attirent la foule qui se précipite sur le passage du cortège pour assister au spectacle des chiens, des rabatteurs et des chasseurs, debout dans les chars rutilants.

Un jour, la joie du retour est assombrie par la présence d'un visiteur inconnu dans la maison.

– Ce refus d'envoyer ton fils à l'école des scribes est une offense cinglante pour notre Nomarque. Mon maître te fait dire qu'il ne tolèrera pas qu'une telle insulte reste impunie.

– Le Nomarque me fait un grand honneur. Dis-lui que je ne veux pas lui faire offense, tente d'expliquer Menhoutep. Mais cet enfant est encore bien jeune... Peut-être ne possède-t-il pas la force... et l'intelligence de suivre un enseignement que l'on m'a dit... ardu.

– Un père doit se montrer sévère avec son fils. La faiblesse est réservée aux femmes.

Le père baisse la tête. Son cœur est à nouveau déchiré.

– Le Nomarque veut que ton fils lui soit confié avant ton départ en Palestine. Fais vite. Sinon... menace-t-il sans finir sa phrase.

Nazlet, dans l'entrée de la maison, retient Lididim et entend les paroles qui font battre son cœur d'une grande inquiétude.

« Jamais, je n'accepterai de te quitter. Nous nous cacherons tous les deux dans le désert », promet-il secrètement à Lididim en furetant dans les poils de son cou pour le calmer.

Brusquement, l'envoyé du Nomarque se retourne et, sans un mot d'adieu, se dirige vers la sortie.

Au passage, il surprend l'enfant. Il s'im-

mobilise un instant, lui jette un regard dur et remarque le Técem.

– Un animal digne de figurer dans la meute d'un roi ! En faire le jouet d'un gamin ! Quel gâchis !

Et il sort en haussant les épaules.

CHAPITRE VI

La journée finit. Le soleil franchit les crêtes lointaines et les montagnes deviennent violettes.

C'est l'heure bénie où la chaleur se transforme en une grande douceur. Le Nil semble ralentir son courant. La lumière meurt à la surface de ses eaux dans des éclaboussements d'or, de carmin et de couleurs chaudes comme celles de fruits mûrs.

Des bateaux glissent encore au rythme lent des rameurs. Les voiles blanches des félouques, gonflées des fatigues des longs voyages, se teintent de jaune. Les maîtres rentrent dans leurs maisons. Les esclaves s'accroupissent en petits cercles au milieu des quais et parlent dans des dialectes inconnus.

– Montons sur la terrasse, dit la mère. Il est l'heure de manger.

– Père n'est pas encore arrivé. Je cours le chercher, lance Nazlet.

– Fais vite, répond-elle.

– Allez viens, Lididim !

Le Técem dresse les oreilles à l'appel de son nom et rejoint l'enfant qui a déjà plusieurs pas d'avance.

Ils courent dans la rue, traversent des ruelles bordées de maisons animées, évitent une multitude de femmes et d'enfants, dévalent les courtes pentes qui débouchent sur les quais.

– Où est mon père ? Cherche, Lididim. Cherche.

Le chien croit que Nazlet l'encourage à courir plus vite et il le distance rapidement. Bientôt, il échappe au regard de son maître, absorbé par la pénombre et l'encombrement des marchandises qui arrivent du Nord ou s'apprêtent à embarquer pour de lointaines destinations.

– Lididim...

Nazlet arrête sa course. Il vient de rencontrer plusieurs esclaves qui appartiennent à sa maison.

– Où est mon père ? leur demande-t-il.

– J'ai vu le maître à l'arrière du grand voilier, celui qui est amarré en amont du fleuve.

L'enfant fait demi-tour et s'éloigne dans la direction opposée.

« Je vais être plus rapide que lui. J'arriverai le premier... »

Il court à perdre haleine. Quand le voilier est à quelques dizaines de pas, il se retourne et siffle. Il s'attend à voir surgir le chien de l'ombre, virer en pleine course et allonger ses puissantes pattes pour tenter de le rattraper.

Déjà, Nazlet s'apprête à repartir. Mais Lididim ne déboule pas. Loin en arrière, les esclaves poursuivent leur marche. Il ne se passe rien.

L'enfant donne plusieurs coups de sifflet stridents et appelle :

– Lididim ! Lididim !

Rien.

L'inquiétude s'empare du cœur de Nazlet. Il redescend les quais, fouille les zones obscures, interroge les esclaves et les enfants qui se baignent encore.

– Lididim... Lididim...

Il monte sur le pont des bateaux de son père, ouvre les portes des entrepôts, scrute l'eau à l'endroit où ils aiment se baigner habituellement, appelle, écoute les mille bruits de ce début de nuit pour tenter d'y discerner un signe de son ami.

– Lididim... Lididim...

Une folle inquiétude le tenaille et lui serre la gorge.

« Il lui est arrivé quelque chose ! »

L'enfant court vers la maison. Lididim est certainement rentré seul, pensant y retrouver son maître. L'entrée de la belle demeure est vivement éclairée. Plusieurs servantes tiennent des lampes à huile. Des esclaves font cercle autour de l'un des leurs, allongé sur le sol. Le maître, un genou à terre réconforte un homme blessé et écoute son récit :

– ... Ils étaient quatre... Ils bousculaient les marchandises. J'ai cru qu'il s'agissait de pillards ou d'ivrognes qui se battaient.

Quand je les ai surpris, deux d'entre eux se sont rués sur moi et m'ont frappé avec des bâtons... Je suis tombé. Ils m'ont frappé encore et se sont enfuis...

Le pauvre a une plaie au visage et l'épaule meurtrie.

– ... Ils portaient le chien de notre jeune maître dans un filet. La pauvre bête avait dû être rouée de coups. Le sang collait ses poils...

CHAPITRE VII

Allongé sur la terrasse qui domine le fleuve, Nazlet ne peut trouver le sommeil. Il regarde fixement les étoiles qui s'allument une à une et les interroge désespérément, comme si les Dieux pouvaient lui envoyer, par leur intermédiaire, un message. Ses yeux restent fixes.

« Ils l'ont frappé. Il est peut-être très gravement blessé... mort à cette heure. »

L'enfant imagine la souffrance de son ami.

« Pourquoi l'ont-ils frappé ? Les a-t-il surpris en train de piller ? Lididim a-t-il voulu protéger les marchandises de mon père ? Mais, alors, pourquoi l'ont-ils emporté ? »

Il envisage les possibilités les plus folles. On dit que des esclaves venus de contrées lointaines mangent les chiens. Des voleurs et des trafiquants chapardent les marchandises les plus diverses pour les revendre. Un moment, aveuglé par la douleur, il soupçonne son père de lui avoir arraché son compagnon pour vaincre sa résistance et le contraindre à accepter cette place à l'école des scribes.

« Ce n'est pas possible... »

Le milieu de la nuit est passé depuis longtemps. Les étoiles ont décrit devant ses yeux la plus grande partie de leur course. Certaines d'entre elles disparaissent à l'horizon.

Nazlet est condamné à l'impuissance. C'est un supplice plus terrible qu'une punition : il préférerait cent fois qu'on le batte. Mais il n'y a que la nuit, le silence et un désespoir mille fois trop lourd pour son cœur d'enfant. Il descend à la cuisine. La flamme de la lampe à huile vacille. Une servante dort sur une natte, le long du mur où des ombres affreuses dansent. Il boit l'eau d'une cruche, puis erre dans la maison silencieuse, la cour et le jardin planté d'orangers et de figuiers.

En passant près des maisons basses réservées aux esclaves, il prête l'oreille et perçoit de faibles plaintes.

« C'est l'esclave qui a reçu les coups », pense-t-il.

Il soulève la natte qui sert de porte et entre. L'homme est allongé près d'une lampe dont il ne quitte pas la flamme des yeux.

– Je ne dois pas dormir, explique-t-il. Si je m'endors, les mauvais esprits entreront dans mon corps et l'emporteront au royaume des morts...

– Je vais te tenir compagnie, répond Nazlet. Ainsi, tu ne t'endormiras pas.

Il s'accroupit et écoute la respiration difficile du blessé.

– Tu as vu les quatre hommes ? demande-t-il.

– Non... Il faisait déjà nuit. Je ne les reconnaîtrais pas...

– Ils ont emporté autre chose que Lididim ?

– ... Je ne crois pas...

Des larmes de désespoir coulent à nouveau sur les joues de l'enfant. L'esclave le regarde en silence, puis il soulève sa main blessée et la pose sur celle de Nazlet.

– Mon jeune maître a le cœur brisé parce qu'il a perdu son ami. Peut-être a-t-il fait des envieux ou des jaloux ?

– Que vont-ils en faire ? se désespère Nazlet.

L'esclave fixe son regard vers le plafond et murmure :

– Le Nomarque est habité par la passion de la chasse. On dit qu'il achète à prix d'or les Técems pour les dresser...

Un déchirement douloureux étourdit Nazlet.

– ... Mais il se dit tant de choses, ajoute-t-il.

CHAPITRE VIII

– Père, j'ai beaucoup réfléchi cette nuit. J'irai dans l'école du Nomarque pour devenir scribe au service de Pharaon.

Menhoutep observe les traits fatigués de son fils et tente de comprendre ce qui a brusquement provoqué un tel retournement.

– La disparition de ton chien alourdit ton cœur. Est-ce là la raison de ta décision ? En allant dans cette école, veux-tu échapper à cette solitude qui te pèse depuis deux jours ? Ne préférerais-tu pas d'abord effectuer ce voyage en Palestine ?

– En servant Pharaon, je veux faire honneur à mon père. La disparition de Lididim n'a rien à voir, ment Nazlet.

Pendant des heures, il a mené une enquête minutieuse. Tout semble prouver que le Técem se trouve aujourd'hui dans les chenils du Nomarque.

« Ils vont le dresser pour qu'il devienne un tueur, un chasseur sanguinaire comme ceux que j'ai vus en Nubie. Ils vont détruire la douceur que je lui ai apprise. Je n'ai pas le choix : il faut que j'entre à l'école des scribes pour le récupérer. »

Il sait que les chenils du Nomarque se trouvent derrière les parcs animaliers et les jardins du palais, sur les hauteurs qui ouvrent l'accès au désert. Les jeunes garçons qui suivent les cours de l'école des scribes occupent plusieurs maisons au milieu d'une plantation de palmiers, non loin des chenils...

A la pensée de ne pouvoir réussir, s'ajoute la crainte de cette terrible école. Mais il se réconforte en se promettant de disparaître dans le désert à la première occasion, lui et son chien.

La veille du départ des bateaux pour la Palestine, Menhoutep conduit son fils chez le Nomarque et le lui présente.

– Cet enfant sera ta fierté, déclare le Nomarque.

– Certainement... répond Menhoutep. Sois pour lui le père spirituel qui lui ouvrira les portes du savoir...

Les adieux sont brefs. Nazlet reçoit la bénédiction paternelle, un déchirement au cœur. Au moment de la séparation, il implore en secret : « Père, je ne serai pas un bon fils. Je vous demande pardon. »

Un serviteur le prend en charge dès le départ de Menhoutep et lui fait traverser les immenses jardins fleuris égayés par la musique de milliers d'oiseaux rares pour le présenter à son professeur.

Kaha – c'est le nom du professeur – le fixe longuement dans les yeux, comme pour y lire un indéchiffrable message, avant de dire :

– Adressons une prière à Thoth, le Dieu des scribes, et répandons des gouttes d'eau sur le sol en offrande. Remercions-le de t'avoir choisi pour servir Pharaon.

Puis il sort une plume en roseau d'un

petit étui et lui tend un godet d'encre rouge :

– Puisses-tu en faire bon usage ! L'écriture est un art long et difficile à apprendre, mais je suis sûr que nous parviendrons à te le faire acquérir.

Il y a de l'espoir et une lourde menace dans la voix de Kaha. L'enfant le comprend encore davantage en s'asseyant près des autres élèves qui baissent la tête craintivement en couvrant de signes inconnus pour Nazlet les tablettes de bois verni où ils s'exercent.

Sa gorge se serre quand, venues de l'extérieur, les voix des chiens lui parviennent distinctement.

« Lididim ! Il est tout près de moi ! » pense-t-il.

CHAPITRE IX

Ya-a-a-ah !

Cent pas devant, un esclave ouvre la porte d'une cage et un mâle antilope affolé détale dans un martèlement nerveux de ses sabots fins. Il atteint sa pleine vitesse et court droit devant lui, entre les deux très longs filets qui ont été déroulés pour aménager une sorte de couloir dont il ne peut s'échapper.

– Ya-a-a-ah ! Ya-a-a-ah !

Le vieux Técem retenu en laisse par un esclave aboie son impatience et laboure le sable de ses fortes pattes, menaçant de renverser l'homme. Un peu en arrière, Lididim dresse ses courtes oreilles et observe ce nouveau jeu qu'il semble ne pas comprendre.

– Vas-y !

L'esclave libère le vieux Técem qui jaillit de toute la puissance de ses pattes pour rattraper l'antilope.

En même temps, le maître lâche la corde

qui maintient Lididim et lui assène deux violents coups de fouet sur les flancs.

– Ya-a-a-a-ah ! crie-t-il dans l'espoir de l'exciter.

Lididim jette d'abord une plainte, puis, par peur de recevoir d'autres coups, il suit le vieux Técem qu'il rattrape en une dizaine de bonds. C'est alors qu'il aperçoit l'antilope.

La force plus grande de ses jeunes muscles pourrait lui permettre de devancer son compagnon, mais il ne comprend pas ce qu'on attend de lui. L'autre chien hurle à s'en arracher la gorge.

La course se poursuit dans le couloir de filets pendant cinq ou six cents pas. Les deux chiens se rapprochent sensiblement. Subitement, des barrières de bois remplacent les filets. Une trappe claque et l'antilope disparaît. Lididim, entraîné par sa course, heurte la peau encore fraîche d'une antilope récemment tuée que le maître-chien a fixée sur la porte. Le vieux Técem grogne et s'acharne sur le cuir taché de sang et essaie d'en arracher des lambeaux.

Un homme agite au-dessus de la porte des morceaux de viande piqués à l'extrémité d'une perche. Son compagnon se dresse et râcle la peau pour tenter d'atteindre la récompense. Lididim hésite, mais il n'a reçu aucune nourriture depuis trois jours... La faim est la plus forte. Il se lance vers la viande à l'odeur forte. Ses pattes avant griffent le cuir et le désir de saisir ce morceau de viande qui s'envole à chaque fois qu'il croit l'attraper, le fait aboyer malgré lui.

– Jette-lui un tout petit bout, ordonne le maître-chien. On recommence.

Pendant des jours, plusieurs hommes qui s'occupent du chenil du Nomarque sont mobilisés pour dresser le Técem. On répète des dizaines de fois la course entre les filets. Lididim reçoit les coups de fouet des hommes, les coups de crocs des vieux Técems et les coups de cornes des oryx, quand on l'enferme, pour le rendre agressif, dans l'enclos où il s'en trouve une vingtaine.

Petit à petit, l'animal ressemble aux autres chiens et les hommes parviennent à réveiller et à exacerber en lui l'instinct ancestral du chasseur.

La faim, l'agressivité des autres chiens, la violence, la peur permanente font le reste.

Un jour, on l'emmène avec quatre autres

Técems. Le maître-chien les lâche dans un endroit rocailleux où se terre une hyène puante. Les chiens la débusquent, la poursuivent, la harcèlent et hurlent derrière elle pendant longtemps.

Lididim est le plus puissant et le plus rapide des cinq chiens. Il arrive le premier sur la bête. Il est tout surpris quand il entend l'os d'une patte craquer dans sa gueule.

CHAPITRE X

La discipline est très sévère à l'école des scribes.

– L'oreille du garçon est sur son dos, dit Kaha. Il écoute quand on le bat.

Les premiers jours, le plus dur pour Nazlet est de rester assis pendant des heures sans parler. Pour ne pas éveiller les soupçons, il a décidé de devenir un bon élève, mais les images des baignades dans le Nil, des courses dans le désert ou des explorations dans les forêts de papyrus, surgissent à chaque instant. Ses rêveries lui attirent des réprimandes :

– Ne rêve pas ! le sermonne Kaha. Tu dois apprendre les sept cents signes de l'alphabet égyptien. Un jour, tu serviras Pharaon et il attend de toi une connaissance parfaite de notre écriture.

L'enfant ne répond jamais. Il baisse les yeux vers sa planchette de bois vernie et reproduit interminablement les modèles que le maître trace sur un mur. Les lignes s'allongent. A côté de lui, six ou sept enfants s'exercent studieusement. Le silence est de rigueur.

Après quelques dizaines de signes, tandis que la main de Nazlet continue à reproduire mécaniquement les modèles, son esprit s'évade vers les lieux où il a été si heureux avec Lididim.

« Où est-il ? Que font-ils de lui ? »

Nazlet est confiant : Lididim est intelligent et les habitudes de douceur qu'il a prises depuis qu'il est chiot l'aideront à résister.

« Il refusera, je suis sûr qu'il refusera de tuer... »

Le bruit de coups de fouet parviennent parfois du chenil. Le cri d'un chien pénètre dans la salle. Nazlet lève alors les yeux vers la fenêtre et frémit de crainte et de révolte.

– Travaille !

Un coup de baguette lui cingle le dos. Il sursaute. Le doute s'installe dans son esprit et il redoute que les dresseurs, qu'il sait habiles, ne réussissent à détruire la douceur qui anime Lididim.

Quand les heures d'écriture se terminent, il faut encore apprendre par cœur de très longues prières et d'interminables listes de proverbes. Les cérémonies quotidiennes au temple occupent le peu de temps de repos.

– Le chenil est gardé jour et nuit par un seul homme, confie un esclave. Mais les chiens en cours de dressage sont enfermés à part, dans une maison proche de celle des dresseurs...

Nazlet mène une enquête discrète. Il sait comment se présentent les lieux et des confidences arrachées par la ruse lui ont révélé la disposition des différentes parties du chenil.

La nuit, quand il ne dort pas, il a envie de se glisser hors de son lit pour tenter de délivrer son ami sans plus tarder.

« Je ne disposerai sans doute que d'une seule chance. Il ne faut pas la gâcher. Il me faut réussir du premier coup, et, pour cela, je dois être patient et recueillir assez de renseignements. »

Un jour, Kaha annonce une nouvelle qui réjouit les élèves.

– Demain matin, nous partirons tous dans le désert. La construction d'un temple destiné à recevoir la momie de notre princesse, la seconde fille de notre pharaon bien-aimé, s'achève. Les maîtres ont tracé sur les murs les grandes lignes des décorations. Vous les aiderez à peindre les fresques.

Le plus âgé des élèves explique au moment du coucher qu'il a déjà travaillé dans une pyramide.

– La discipline est beaucoup moins sévère. Les peintres, les sculpteurs et les scribes que nous aidons aiment notre présence qui apporte un peu de vie dans ces endroits sombres destinés à recevoir des morts. Il n'y a plus de coups de bâton...

Nazlet, lui, ne voit qu'une chose : on l'éloigne de Lididim et ses chances de le faire évader seront réduites à néant pendant des jours, peut-être des semaines.

CHAPITRE XI

Une convocation à paraître devant Pharaon est un honneur redoutable. Le Nomarque, pour la troisième fois de l'année en fait l'expérience. On ne sait jamais à l'avance si, au gré d'un brusque caprice, le dieu vivant a décidé de récompenser un bon serviteur ou au contraire de punir un médiocre sujet.

« Si les présents que je lui ai adressés lui ont déplu, il se peut que je ressorte du palais aussi misérable que ces pauvres mendiants, soupire-t-il. Si, au contraire, ils l'ont enchanté, il est possible qu'il me confie une charge glorieuse... »

Pharaon le reçoit dans l'une des salles richement décorées de ses appartements privés, ce qui est un honneur rare.

« Il est satisfait de moi », anticipe le Nomarque.

Pharaon est assis derrière une petite table basse et joue au Zénet avec l'une des femmes de son harem. Il porte une lourde perruque qui retombe sur ses épaules et sur un large collier de minces plaques d'or ciselées. Des corbeilles regorgent de figues et de raisin.

– Approche, ordonne le roi.

Le Nomarque s'avance en baissant la tête. Il remarque, couché sur le sol carrelé de mosaïques vertes, un chat d'Abyssinie qui suit son déplacement les yeux mi-clos.

– J'aime recevoir les plus fidèles de mes serviteurs. Tu m'as fait parvenir des objets d'une beauté et d'une rareté très grandes. J'ai apprécié le soyeux des peaux et la perfection des parfums.

– C'est un très grand honneur pour moi de te servir, seigneur... déclare le Nomarque.

– Où te procures-tu de telles merveilles ?

– Les marchands les plus audacieux remontent pour moi le cours du Nil et vont les chercher dans le pays des Pounts, en Nubie et plus loin encore, aux frontières du monde connu.

– L'Égypte possède-t-elle beaucoup de ces intrépides marchands ? interroge Pharaon en souriant.

Pharaon se lève et entraîne son invité vers un escalier bordé de colonnes qui conduit dans un jardin merveilleux. A l'exubérance des palmiers et des figuiers dans le ciel répond la délicatesse des plantes aquatiques et la fragilité des fleurs rares. Au bord de la pièce d'eau, deux joueurs de flûte accompagnent la baignade d'une princesse.

– Ton marchand a-t-il pour projet de parcourir d'autres pays ? demande Pharaon.

– Oui, seigneur. Ses bateaux le conduisent en ce moment sur les côtes de Palestine et de Syrie. Je lui ai déjà réservé les plus belles pièces qu'il pourra se procurer au cours du voyage.

– L'impatience me ronge... plaisante le souverain.

Le Nomarque promène son regard ébloui sur toutes les richesses qui composent les jardins royaux.

– Vois-tu, confie Pharaon, j'ai besoin d'hommes tels que toi pour diriger l'Égypte et servir les Dieux. Il me faut des ministres intelligents, entreprenants, capables de s'entourer eux-mêmes des meilleurs bâtisseurs, des artistes les plus habiles ou des marchands les plus audacieux. Un jour, sans doute, je t'appellerai au palais pour...

Le Nomarque n'écoute plus vraiment. Son cœur bat très fort.

« Ministre... Ministre ! » se répète-t-il.

Et la longue liste des honneurs attachés à cette charge défile dans sa tête. Il sera respecté, puissant, craint...

« Menhoutep ! songe-t-il. En fait, je deviendrai ministre si cet homme se montre capable de rapporter des trésors... Il est l'un des marchands les plus audacieux de Thèbes et il sait reconnaître ce qui est raffiné. Je le séduirai par des promesses, des honneurs et le mettrai définitivement de mon côté. Il doit me réserver le plus précieux de sa cargaison... »

Le soir, quand il rentre dans son propre palais, le Nomarque s'empresse de donner des ordres pour être tenu au courant de l'arrivée de Menhoutep et pour que ce dernier ne soit en aucun cas victime des tracasseries administratives que les scribes font parfois subir aux riches marchands quand ils rentrent d'une expédition lointaine.

CHAPITRE XII

« Où est Lididim en ce moment ? Que fait-on de lui ? S'ennuie-t-il de moi comme moi je m'ennuie de lui ? »

Le travail dans les parties souterraines du temple enchante les autres élèves. C'est infiniment plus varié et plus agréable que la longue copie des modèles à l'école.

D'abord, des assistants tracent des carrés parfaits sur les murs recouverts de plâtre. Puis, les maîtres décorateurs ébauchent les contours des décorations et des symboles. Ensuite, ils donnent des directives strictes pour que les aides et les élèves emplissent les formes de couleurs vives. Ils surveillent l'exécution de leurs ordres et veillent à ce que les rouges des tuniques, les noirs du corps des chiens ou le jaune de chaque œil – oudjat soient d'une densité et d'une régularité parfaites. Enfin, ils achèvent l'œuvre en soulignant d'un trait rouge ou noir les contours des figurines pour les rendre aussi éclatantes que des bijoux.

– Plus épais, le bleu de cette tête d'Horus. Il faut que tu obtiennes une crème homogène et que tu l'appliques en une seule fois, sans retouches, conseille patiemment le maître.

Nazlet hoche la tête. La lumière vacillante des lampes à huile promène sur les murs des ombres mouvantes qui troublent l'œil inexpérimenté du jeune garçon.

« Lididim... »

Plus encore que la salle de classe, les pièces souterraines du tombeau lui font regretter les grands espaces, la lumière du soleil, la chaleur et l'immensité du désert. Des idées aussi sombres que l'endroit accaparent son esprit.

Certains artistes fredonnent. D'autres bavardent à voix basse. Les élèves plaisantent et de temps en temps, des éclats de rire étouffés animent la pénombre.

– Cette salle recevra le sarcophage de la princesse. Quand le temple sera terminé, Pharaon viendra le visiter et des prêtres seront chargés de veiller à ce qu'il ne soit pas profané, explique un vieux peintre.

– Jadis, ajoute un ciseleur chargé de graver le contour des dessins, Pharaon venait lui-même se rendre compte de l'état d'avancement des tombeaux. Maintenant, il fait entièrement confiance aux Nomarques des différentes régions pour mener à bien ces projets.

– Notre Nomarque est un homme fidèle à Pharaon, le coupe un assistant chargé de préparer les pains de peinture. On dit qu'il viendra dans quelques jours pour se rendre compte par lui-même.

Le ciseleur n'a pas l'air de beaucoup apprécier les Nomarques.

– Sans doute le Nomarque de cette région est-il un bon serviteur de Pharaon, mais moi qui suis vieux et qui ai travaillé dans tous les temples, les tombeaux et les pyramides qui se sont construits de l'embouchure du Nil jusqu'à la première cataracte, je peux vous dire que les Nomarques consacrent plus d'or et de temps à chasser l'antilope dans le désert ou l'hippopotame dans les marais qu'à visiter les constructions commandées par Pharaon.

Un silence se fait. Le ciseleur parle trop, mais son grand âge et son habileté lui confèrent une grande autorité et nul ne se permet de lui répondre.

– C'est vrai, notre Nomarque viendra ici avec tous ses chiens et il organisera une grande chasse à la gazelle et à l'antilope dans le désert qui nous entoure. Mais il visitera d'abord le temple et donnera les directives pour répondre aux vœux de Pharaon... tente d'expliquer un jeune homme.

– Peuh ! conclut le ciseleur en haussant les épaules.

Nazlet n'a rien perdu de la conversation.

« Lididim... Si le Nomarque chasse, le maître-chien amènera Lididim ici. Il faut que je le délivre et que nous nous cachions dans les montagnes... »

Cette pensée réchauffe son cœur. Un imperceptible sourire tire le coin de sa bouche.

« Ici, je peux échapper à la surveillance. Je suivrai la chasse et je l'appellerai quand il sera loin des hommes... »

CHAPITRE XIII

Le Nomarque arrive le surlendemain au milieu de la journée. Il visite rapidement les travaux et rejoint le camp de toile dressé à peu de distance du chantier.

Le jour suivant, les préparatifs de la chasse commencent au lever du jour.

Nazlet a peu dormi, épiant le va-et-vient des nombreux serviteurs et esclaves pour deviner le déroulement de la journée. Une fois déjà, il est sorti. Le scribe chargé de surveiller les élèves dort.

Sa vigilance s'est considérablement relâchée et il est très facile à l'enfant de se faufiler à l'extérieur.

Les aboiements guident Nazlet et lui indiquent l'endroit où se trouve le chenil provisoire. Les Técems sont enfermés dans des cages de bois. Tous les hommes chargés de s'occuper des chiens restent sur place. Certains dorment. D'autres astiquent les armes. D'autres encore surveillent et parachèvent la préparation des chiens dont ils ont la responsabilité comme s'il s'agissait de champions.

Nazlet a renoncé et s'est empressé de se recoucher. Il est rentré aussi facilement qu'il était sorti, mais l'impossibilité de voir Lididim le remplit de tristesse.

Aussi, au petit matin, quand il comprend que la chasse entraîne les chiens vers la savane et les montagnes qui bordent le désert, échappe-t-il à la surveillance du scribe. Il court pendant plus d'une heure. A l'est, la lumière qui précède le lever du soleil teinte de rose les roches sèches des crêtes. Le sable paraît doux sous ses pieds. Les touffes d'herbes défilent et, de temps en temps, un animal, surpris en fin de sommeil, détale dans une gerbe de poussière. Nazlet retrouve d'un coup la vigueur qui l'entraînait quelques semaines auparavant, dans de longues escapades avec Lididim.

« Lididim... mon ami. C'est aujourd'hui que nous allons nous revoir. Nous nous cacherons tous les deux dans un village de paysans ou de pêcheurs et jamais on ne nous retrouvera... »

Nazlet atteint les montagnes au moment où l'énorme disque rouge du soleil célèbre la gloire du dieu Amon-Râ. Il escalade le flanc rocailleux du premier sommet, s'arrête, se tourne vers l'est et adresse une courte prière.

– Dieu des Dieux, toi qui es la lumière et la puissance, aide-moi à retrouver Lididim.

Très loin, la ligne bleue du Nil brille comme un fil d'argent. De chaque côté du fleuve, une large bande d'un vert intense détermine la zone des cultures. Puis la savane ocre s'étale jusqu'à ses pieds. Derrière la montagne, le désert de feu et de mort brûle jusqu'aux rives de la mer Rouge.

« Le Nomarque est là-bas, se dit-il en observant les tentes bariolées du camp. La chasse se déroulera dans cet espace herbeux. Les chiens passeront au pied de la montagne ! »

Il marche vers le sud en longeant la pente. Des grottes s'ouvrent de-ci de-là. Enfin, il repère un éboulis de gros rochers qui descend jusque dans la savane.

« Voilà un bon endroit. Impossible que les chiens ne passent pas ici. Je l'appellerai. Il me rejoindra. Nous nous cacherons dans la montagne et nous attendrons que les chasseurs s'éloignent... »

Il se poste à l'ombre, entre les blocs de granit, et la longue attente commence.

La chaleur augmente peu à peu. Il croque lentement l'une des figues vertes qu'il a eu la précaution d'emporter. Le vent sec incline les tiges des hautes herbes. Souvent, il entrevoit la frêle silhouette d'un animal entre les touffes vertes. Un groupe de fines gazelles passe devant lui. Elles broutent, tandis qu'un mâle aux cornes torsadées, la tête haute et les oreilles mobiles, fait le guet pour protéger le groupe.

« Qu'elles sont belles ! » pense Nazlet.

Longtemps, il admire ces fragiles animaux dont la beauté n'a d'égal que la grâce et la délicatesse.

Les gazelles passent. Le soleil monte dans le ciel. Les pensées de Nazlet se perdent dans des interrogations sans réponses : pourquoi cette chasse ?

Vers la mi-journée, un nuage de poussière s'élève au-dessus du camp lointain et longe le Nil.

Nazlet a eu raison.

« Les rabatteurs et les chiens vont se déployer à l'opposé des chasseurs. Je suis juste au milieu. Lididim passera devant moi ! »

CHAPITRE XIV

Par un très long et discret encerclement à contre-vent, le maître-chien et les rabatteurs prennent place au fond de l'immense cuvette formée, au sud, par la courbe des montagnes. Les chasseurs, eux, se postent loin, au nord, et tendent de très longs filets.

Nazlet, de sa cachette, perce l'horizon d'un regard impatient. Il tente de repérer Lididim dans la ligne furtive des chiens en attente.

« Et s'il n'était pas là ? S'ils n'avaient pas réussi à le dresser ? »

Depuis longtemps, il a compris qu'il ne va pas retrouver le chien doux qu'il a élevé. Il s'attend à découvrir son Técem entraîné par les autres dans une course folle derrière les gazelles. Il est partagé entre la joie de le revoir et la crainte de ne pas retrouver l'ami qui lui a été volé.

Le long appel d'une corne donne le signal.

Alors, tout bascule. En quelques minutes,

une frénésie de mort et de fuite envahit la savane. Une quinzaine de chiens, ivres d'impatience, se cabrent et s'élancent dans une course rapide. Le dressage a exacerbé en eux l'instinct sauvage qui les pousse à découvrir les crocs de leurs mâchoires puissantes et à hurler comme des loups.

Rapidement, ils débusquent des gazelles et des antilopes qui s'élancent aveuglément vers les chasseurs. Elles font des bonds prodigieux au-dessus des touffes d'herbes. Des lièvres, une petite autruche, une hyène, effrayés par les aboiements menaçants, détalent et se lancent dans une course effrénée pour échapper à la mort.

« Lididim ! C'est lui ! »

Nazlet vient de reconnaître son ami. C'est le plus rapide, le plus beau. Sa robe ocre aux poils mi-longs plane comme un voile au-dessus des sables. Il se dirige droit vers lui.

– Lididim ! Lididimmmm !

Le chien ne l'entend pas. Il pourchasse un groupe de trois gazelles. Quand les proies ne se dirigent pas vers les hommes, il les devance par la droite ou la gauche et, dans un brusque virage qui fait briller une gerbe de poussière, il les oblige à reprendre la direction des chasseurs. Il travaille avec l'intelligence et le savoir d'un chien de berger.

– Lididim ! Lididimmmmm !

Un lièvre fait un brusque demi-tour et tente de traverser la ligne des chiens pour fuir vers l'arrière. Un lévrier d'Abyssinie lui coupe la route et lance la gueule en avant pour le saisir au passage.

– Lididim ! Lididimmmm !

Le Técem est au plus près. C'est maintenant qu'il faut appeler pour le détourner de la chasse. Nazlet, oubliant que les rabatteurs courent derrière les chiens, se dresse soudain, sort de sa cachette et se lance vers son ami en répétant ses appels.

– Lididimmm !

Le Técem tourne enfin la tête, s'arrête un court instant et regarde la silhouette de son jeune maître. Il semble fouiller dans sa mémoire. La voix qui hurle son nom mais qu'il n'a pas entendue depuis des semaines perturbe les règles apprises au cours du dressage.

– Lididim !

Nazlet court éperdument. Une antilope traverse un espace découvert et coupe la ligne qui unit le Técem à son jeune maître. Le chien frémit. Un déchirement semble l'agiter : faut-il répondre à l'appel de son ancien ami ? Faut-il obéir à ses nouveaux maîtres ?

Ses pattes fortes agitent la poussière. Nazlet croit que le chien va repartir.

– Lididiiimm !

L'animal hésite. Une voix essoufflée et brutale crie :

– Qu'est-ce que tu fais là, gamin ? Tu ne sais pas qu'il est interdit de traverser les chasses du Nomarque ?... Oh, mais je te reconnais...

CHAPITRE XV

La baguette siffle et trace une nouvelle zébrure rouge sur le dos nu de Nazlet. Il serre les dents, crispe ses paupières fermées mais parvient à étouffer le cri de douleur qui tente de franchir ses lèvres.

– Sept, compte Kaha.

La baguette se lève à nouveau, s'abat et recommence.

– Huit... Neuf... Dix. Que cette punition te serve de leçon. Tu as été choisi pour servir Pharaon et devenir scribe. Tu n'es plus un vulgaire galopin. Tu dois te conduire selon les règles de l'école. Un élève n'a pas le droit de courir la montagne, même pour assister de plus près à la chasse du Nomarque.

Les deux serviteurs lâchent les mains de Nazlet et l'allongent sur le ventre. La punition n'a pas été sévère. Aucun des dix coups de baguette n'a pénétré la chair. Certes, les traits rouges bleuissent et gonflent déjà, mais ils ne l'empêcheront pas de courir.

– Demain matin, les tentes apportées pour le séjour du Nomarque ici seront démontées et rapportées au palais. Les esclaves et les serviteurs partiront. Pour te punir, j'ai décidé de te renvoyer, toi aussi. Tu retournes au palais où tu reprendras l'étude de l'écriture sous la direction d'un scribe à qui j'ai recommandé d'être sévère avec toi...

Le maître tourne les talons et sort. Nazlet reste seul. Son dos le cuit. Il s'assied, relève les genoux et les entoure de ses bras. Il arrondit son dos afin d'atténuer la brûlure.

La silhouette mince du plus âgé des élèves se glisse vers lui.

– Il n'y est pas allé de main morte, murmure-t-il. J'ai apporté de la pommade. Je vais t'en mettre. C'est mon frère qui me l'a donnée. Quand il était lui-même élève, il était souvent battu...

– Merci... répond Nazlet dès qu'il sent la main de son compagnon appliquer un onguent gras et apaisant.

Mais son esprit est ailleurs. Les coups ? Il s'en moque. Le renvoi au palais ? Cela lui est indifférent. Les interminables séances d'écriture qui l'attendent ? Il refuse d'y penser...

« Lididim... Mais que sont-ils en train de faire de toi ? »

Dès que le rabatteur l'a saisi par le bras, Lididim a tourné la tête. Des gazelles passaient près de lui. La furie des autres chiens l'a entraîné à nouveau et il a repris la course infernale tandis que l'homme poussait le jeune garçon vers le maître-chien.

– Attachez-le et emmenez-le, a ordonné ce dernier.

Des gardes lui ont lié les mains et l'ont poussé vers le camp.

A partir de ce moment, le temps n'a plus compté pour Nazlet. Il marchait sans plus sentir le sable sous ses pieds. La chasse s'est terminée dans un immense nuage de poussière, là où les gazelles, poussées par les chiens et les rabatteurs, se sont jetées dans les filets, sur les flèches et les lances des chasseurs.

Plus tard, avant d'être conduit à Kaha, Nazlet a vu les chiens. Leurs yeux brillaient et des taches de sang souillaient leurs museaux et leurs poitrails.

« Lididim, je voudrais tant que tu n'aies pas participé à cet horrible carnage ! »

Mais son Técem était parmi les autres...

– Voilà. Il ne te reste plus qu'à attendre.

Demain, il faudra que tu prennes soin de couvrir ta peau. Le soleil réveillerait la douleur. Dors.

– Demain... répète-t-il machinalement.

« Lididim aussi va être ramené au palais ! » réalise-t-il soudain.

Une étincelle d'espoir se rallume. Les coups n'ont pas fait taire le rebelle qui grandit en lui.

« Je me sauverai. Je le sortirai et, cette fois-ci, je réussirai. »

CHAPITRE XVI

Les bateaux chargés des marchandises rares achetées en Palestine et en Syrie sont de retour. Le premier voilier à bord duquel se trouve Menhoutep a fait son entrée dans la ville de Thèbes la veille. Des envoyés du Nomarque l'attendent et insistent pour qu'il réserve sa première visite à leur maître.

– Mon grand ami, l'accueille le Nomarque, rapportes-tu sur tes bateaux les merveilles dont j'ai rêvé pendant ton absence ? J'ai vu, dans mon sommeil, des étoffes colorées, des vins inconnus et des pierres précieuses...

– Et bien plus encore, renchérit Menhoutep. J'ai pour toi la malachite arrachée à la terre dans les mines du roi Salomon, des vases d'or et d'argent ciselés par les habiles artisans de Jérusalem, de la pourpre et des parfums de Damas et de Babylone...

Les yeux du Nomarque brillent. Tabriz,

Charak, Apologos, Persépolis, Ormuz, Pattala... Babylone ! Le nom des villes lointaines résonne dans sa tête et évoque des raffinements inégalables.

– La chance a guidé mes pas, raconte Menhoutep. Une cavarane perse de cent cinquante chameaux est entrée à Jérusalem quelques jours après ma propre arrivée. Elle apportait de l'Inde, du Kouchan et de Perse, du cuivre, de l'étain, du corail rouge, des textiles et des poteries. J'ai aussi rapporté de l'encens d'Arabie, des perles de jade, de la mousseline, des épices.

– J'achète... J'achète les plus belles de toutes ces pièces, répète le Nomarque. Je te donnerai beaucoup d'or. Discute le prix avec mon intendant.

Il pense au plaisir que Pharaon éprouvera à la vue de ces pièces rares, à sa satisfaction, et au poste de ministre qui en sera la récompense.

Menhoutep, lui, heureux à l'idée de conclure de bonnes affaires, excite la convoitise du Nomarque.

– ... et j'ai aussi ramené une chose inconnue ici, un tissu jamais vu, dont la finesse ne peut pas être imaginée en Égypte.

– Parle.

– Très loin d'ici à l'Est, à des mois et des mois de marche des chameaux, existe un immense royaume qu'on appelle la Chine. De caravane en caravane, trois coupons d'une soie inégalable me sont parvenus... Sa composition est telle que la lumière y reste prisonnière. On dit que seule l'impératrice de ce lointain royaume porte cette merveille tant elle est rare...

Le Nomarque rêve d'honneurs et de gloire. Bientôt, Thèbes regardera passer le cortège de ses porteurs, de ses gardes et de ses esclaves avec crainte et respect. Il partagera enfin le pouvoir de Pharaon.

– Scribe, commande-t-il, note le message suivant et fais-le porter d'urgence. Que mon intendant se rende chez Menhoutep et lui achète les plus belles pièces. Qu'il dépense sans compter. Je veux tout ce qui est rare et précieux.

Menhoutep se réjouit. Les caravaniers lui ont vendu à prix d'or de belles marchandises, certes, mais le nombre des acheteurs susceptibles de les lui payer en Égypte n'est pas grand. Il a pris un risque considérable. Aussi, l'émerveillement et la précipitation du Nomarque le rassurent sur la bonne santé de sa propre fortune.

– Et mon fils ? interroge humblement le marchand. Nazlet devient-il le brillant élève que tout père souhaite avoir ?

Le Nomarque se retourne et paraît contrarié. Au retour de la chasse, on l'a informé de l'escapade de l'élève indocile. Il a lui-même ordonné que la punition soit légère, eu égard aux bons services qu'il espère du père.

– Ton fils, ment-il, est l'un de nos meilleurs élèves. Il a étudié dans les temples. Il reviendra très bientôt à Thèbes pour poursuivre l'étude de l'écriture sacrée. Mais il vaut mieux que tu ne le voies pas pour l'instant. Ta visite pourrait affaiblir l'attention et la soif de savoir qui l'animent.

Menhoutep hoche la tête tandis que son cœur s'emplit de fierté. Il a soudain l'impression d'avoir réussi sa vie.

CHAPITRE XVII

Les chiens sont épuisés par les longues courses. A l'excitation de la chasse et du sang succède un abattement qui les plonge dans le sommeil au fond des cages des chenils. Le maître-chien vient de sortir en ville et il ne reste que deux ou trois aides dans la maison.

« Espérons qu'ils dorment ! » prie Nazlet.

L'enfant se glisse dans la nuit bleutée. Il se tapit dans les zones d'ombres et, quand il franchit des plaques de lumière lunaire, il force son dos encore douloureux à épouser la forme des abris qui lui permettent de se dissimuler. Il franchit une première cour, longe l'allée centrale en collant son corps contre le tronc des palmiers, dépasse furtivement la maison des gardiens et s'engage entre les cages en appelant à mi-voix :

– Lididim... Lididim...

Les chiens ont l'habitude de voir passer des esclaves et des dresseurs qu'ils ne connaissent pas. Ce ne sont pas des chiens de garde à qui le moindre bruit arrache des aboiements. La présence de l'enfant ne les inquiète pas, c'est à peine si l'un d'eux lève parfois les paupières.

Nazlet avance. Il scrute l'ombre. Tantôt il aperçoit la silhouette sombre d'une boule endormie, tantôt la ligne fluette ou blanche d'un lévrier lui apparaît. Des gueules larges, des robes tachetées ou brunes, des oreilles dressées et des têtes endormies se succèdent. Où est donc son ami ?

– Lididim... Lididim... appelle-t-il en retenant son souffle.

Plusieurs bêtes se lèvent en percevant la voix et s'approchent des portes. Un chien bossu comme une hyène dresse son museau vers le ciel et lance un bref aboiement qui cloue Nazlet dans l'ombre et lui fait tourner le regard vers la maison des gardiens.

– Chut... risque-t-il.

La bête gratte le sol, flaire bruyamment et s'allonge en travers de la porte.

– Lididim... Lididim... poursuit l'enfant.

Son cœur bat tout autant à la pensée d'être près de son ami qu'à celle d'être découvert dans un endroit interdit à un élève scribe.

Un chien remue dans l'avant-dernière cage et émet une sorte de plainte comme il s'en échappe parfois au cours des rêves des animaux. L'animal se lève, s'approche et agite la queue, ce qui provoque un martèlement des grilles de bois semblable à celui d'un petit tambourin. C'est un Técem dont la robe claire se teinte de violet sous les rayons de lune.

– Lididim ! laisse échapper Nazlet.

L'enfant se précipite, s'agenouille et glisse ses deux bras à travers les barreaux pour plonger ses mains dans la fourrure épaisse du cou de son ami, comme il le faisait autrefois.

– Lididim... Lididim... répète-t-il.

Il éprouve la sensation de retrouver son Técem après en avoir été séparé pendant une éternité. La joie et la crainte d'être surpris se disputent ses pensées.

– Il faut que tu me suives. Nous allons fuir et nous cacher. On ne nous retrouvera jamais.

Nazlet tire la barre de bois et entrouvre la porte. Le Técem hésite. Il ne semble pas bien comprendre ce qui lui arrive après ces jours de captivité, de dressage et de chasse.

– Viens...

Des souvenirs remontent en lui et il se laisse docilement guider par la voix qui a empli son enfance.

La nuit les aide. Il ne leur est pas difficile de gagner la palmeraie, de suivre les rigoles qui irriguent les champs de blé et d'atteindre les rives du Nil. L'air est doux et le paysage nocturne aurait, autrefois, enchanté leur escapade. Mais là, il s'agit d'une fuite et Nazlet se retourne sans cesse, de peur d'être poursuivi.

– Je connais un vieux pêcheur, dans les marais, au milieu de la forêt de papyrus. On le dit un peu fou, mais je suis sûr que nous pourrons nous cacher.

Lididim bat de la queue et se met à trotter.

CHAPITRE XVIII

Kaha, dès son retour, a appris la nouvelle :

– Cet élève est impossible, il a le feu au corps ! Dans le désert, il se sauve pour suivre la chasse. A peine de retour à Thèbes, il s'échappe à nouveau. Où peut-il être en ce moment ? Probablement chez lui, à essayer de convaincre sa mère que dix coups de baguette vont le faire mourir et qu'il ne faut plus l'envoyer à l'école des scribes.

Le maître passe sa main dans la barbe taillée avec soin. Il hésite.

– Un scribe doit être capable d'obéir. Si ce garçon ne respecte pas les règles de l'école, il doit nous quitter.

Malgré tout, Nazlet lui semble être un élève doué. Il se donne une petite heure de réflexion avant d'aller proposer son renvoi au Nomarque.

Dans le même temps, le maître-chien a

été prévenu par ses aides qu'un Técem a disparu pendant la nuit.

– Incapables ! gronde-t-il. Cette bête n'a rongé aucun des barreaux de son chenil. Il ne s'est pas échappé tout seul. On est venu le chercher. Un voleur...

Les lévriers sont sacrés aux yeux du Nomarque. Lui en voler un équivaut à commettre un délit aussi grave que de négliger les prières aux dieux. C'est aussi une façon de défier son autorité, chose qu'il ne peut pas supporter. Le Nomarque enverra ses gardes fouiller Thèbes et la campagne environnante pour retrouver l'animal. Sans doute ordonnera-t-il une distribution de quelques dizaines de coups de fouet et de bâton pour apprendre aux mauvais serviteurs à dormir la nuit au lieu de surveiller. Il faut malgré tout le prévenir.

Kaha et le maître-chien arrivent ensemble dans l'antichambre des appartements privés du seigneur. Ils se taisent. Chacun appréhende la réaction du maître.

Le Nomarque s'apprête à sortir. Il les rencontre.

– Des voleurs ont pénétré dans le chenil cette nuit, commence le maître-chien. Ils ont emporté l'un de vos lévriers... ce jeune

Técem que nous avons eu tant de mal à dresser...

– Le Técem à la robe claire, celui qui surpasse tous les autres à la course ?

– ... Oui, Seigneur.

– Je couperai la main de ces voleurs !

Le Nomarque lisse la barbe de son menton et marche. Ses pas rythment le silence. Kaha estime que le moment est venu d'annoncer le motif de sa visite :

– Un élève s'est enfui de l'école, cette nuit...

– Qui ? interroge sèchement le Nomarque, prêt à sévir, car il enrage qu'on puisse tout à la fois le voler et le ridiculiser dans la même nuit.

– Il a pour nom Nazlet, fils de Menhoutep, le mar...

– Le plus grand marchand de Thèbes ! coupe le Nomarque.

Une appréhension terrible l'envahit.

« Si le père croit que son fils a été maltraité, il ne me réservera pas les plus belles pièces rapportées de ses voyages. Plus d'objets rares, plus de cadeaux appréciés par Pharaon... Plus de charge de ministre pour moi. »

Le Nomarque garde le silence, ce qui

inquiète fortement les deux hommes. Ils préféreraient mille fois des cris à ce qu'ils imaginent être une réflexion lourde de menaces. Puis, il les regarde bien en face.

– Deux fois, cet enfant s'est sauvé. La première fois, un rabatteur l'entend appeler un chien. La seconde, on ne le voit pas, mais un chien disparaît. Pourquoi ? Un élève scribe ne se comporterait jamais de la sorte s'il n'y était poussé par un motif important à ses yeux. Y aurait-il un lien entre ces deux disparitions ? D'où vient cet animal ? interroge-t-il brutalement en pointant le doigt vers son maître-chien.

– Des hommes nous l'ont vendu, seigneur...

– Des hommes ? Dis plutôt des voleurs... Peu importe. J'ai besoin de Menhoutep.

Qu'on recherche son fils. J'interdis qu'on le punisse. Au contraire. Pour une raison qui m'échappe, il est évident qu'il tient à cet animal. Je veux qu'on retrouve cet enfant.

Et il ajoute à voix basse pour lui seul :

– C'est capital pour moi.

La colère l'agite, mais c'est une colère inquiète, faite de crainte et d'impatience.

– Qu'on appelle le chef des gardes ! Il faut arranger cette histoire avant que Menhoutep n'en prenne ombrage... s'il est encore temps.

CHAPITRE XIX

– Lididim. Tu m'as tant manqué. La nuit qui a suivi ta disparition, j'ai cru que j'allais devenir fou. C'étaient des voleurs. Je l'ai su après. Ces gens-là rôdent sur le port et ils volent tout ce qui leur tombe sous la main pour le revendre. Ce sont des hommes sans scrupules. Père dit qu'ils vendraient leur propre mère si quelqu'un la leur achetait... Lididim...

Les deux amis ont beaucoup couru, jusqu'à ce que la déesse Nout accouche à nouveau de son fils Amon-Râ et que le Dieu-soleil éclaire la terre, à l'Est. Nazlet a déjà parcouru une longue distance. Il a longé la rive du fleuve.

Lididim trotte à côté de son maître. Les champs succèdent aux plantations de palmiers. Il faut franchir les rigoles d'irrigation, les fossés où coule l'eau puisée dans le Nil. Malgré l'heure matinale, les silhouettes des paysans, les bras tendus sur les cordes des chadoufs, se détachent, sombres, sur le ciel clair. Petit à petit, les plantations se font plus rares. Le sol s'abaisse au niveau du lit du Nil. Les pattes de Lididim clapotent dans des flaques spongieuses. Partout, l'eau s'insinue dans un sable gris : c'est le début des marais. Là, les papyrus, pied dans l'eau et tête offerte à la brûlure du soleil, éclatent en taches formidablement vertes.

Quand il se sent en sécurité, Nazlet arrête sa course et s'assied sur un monticule de vase séchée. Il a besoin de regarder son Técem, de le caresser, de plonger ses doigts impatients dans les poils de son cou, de lisser sa robe.

– Et toi, interroge-t-il, est-ce que tu as rêvé de nos anciennes courses sur les rives du Nil ou de nos escapades dans les montagnes ? Est-ce que je t'ai manqué ? Est-ce que tu as pensé à moi ?

Nazlet lui parle longtemps, lui raconte l'école des scribes et la peur qu'il a eue de ne jamais le retrouver. Il le serre contre lui, s'emplit de sa chaleur, comme si la douceur du poil et l'inclinaison de la tête du chien sur sa poitrine pouvaient l'assurer que leur amitié n'a pas été ébréchée par cette épreuve.

– Viens, sa cabane est par là.

Ils reprennent leur fuite. Tantôt leurs pas rencontrent la terre dure, tantôt la vase molle se dérobe et ils s'enfoncent jusqu'à la cheville. L'eau est présente partout. Un fouillis de roseaux, de papyrus, de fleurs, de lotus blancs ou bleus, et d'une multitude d'autres plantes aquatiques barre sans cesse le chemin, lance des tiges rampantes entre les jambes, fouette le torse et le visage. Mais cette nature sauvage fait remonter dans leurs deux mémoires des souvenirs de journées anciennes passées dans ces mêmes lieux. L'un et l'autre se regardent et retrouvent la complicité qui les unissait.

– Cours, Lididim. Cours... je vais te distancer...

Le chien pousse sur ses pattes de derrière. Des gerbes d'eau pétillent dans la lumière. Il s'élance et jette un cri de plaisir.

– Allez, allez, l'encourage le garçon.

Soudain, des canards, surpris dans leurs interminables explorations de la vase, frappent l'eau de leurs ailes et tentent un envol bruyant. Le chien s'arrête net. Ses oreilles se dressent. Il vire, piétine des roseaux, bat la surface tranquille, déchire des fleurs, ouvre une gueule qui découvre des dents menaçantes.

Nazlet a peur :

– Lididim ! Lididim ! Non !

Le chien n'obéit plus. Il se jette à droite et à gauche. Les canards courent à la surface, déployant les ailes pour fuir plus vite. Des plumes tournoient. Le chien disparaît derrière d'énormes touffes de papyrus et son corps plonge parmi des nénuphars et des lotus.

– Lididim ! Reviens ! implore Nazlet.

L'enfant n'ose pas regarder. Il a peur, une peur horrible qui lui déchire le ventre. Il tombe, pose sa tête sur ses genoux et l'enfouit entre ses bras.

« Il va tuer, il va tuer... »

Nazlet pleure de désespoir. Il bouche ses oreilles pour ne pas entendre près de lui les bruits de la poursuite. Il a retrouvé son Técem, mais il ne le reconnaît plus !

Lididim revient. L'enfant n'ose pas lever son regard vers lui. L'animal secoue ses poils pour en chasser l'eau. Il couine doucement, comme s'il voulait s'attirer une caresse.

Nazlet déplie ses bras et redresse la tête. Le chien est devant lui. Il tient un canard

dans sa gueule et agite la queue dans l'attente d'un compliment.

– Qu'ont-ils fait de toi ? Mais qu'ont-ils fait de toi ?

Le garçon dégage l'oiseau mort et caresse la tête de son chien qui s'étonne de la tristesse de son maître.

CHAPITRE XX

L'homme des marécages accueille les fugitifs sans poser aucune question. Il part très tôt le matin et ne revient qu'au milieu de l'après-midi, tirant une embarcation croulant sous la récolte de roseaux et de papyrus. Il vit seul depuis des années. Il parle peu.

Le premier jour, Nazlet essaie de se rendre utile en tressant des corbeilles. Le Técem dresse sans cesse l'oreille et sort de la hutte au premier appel d'un oiseau ou au moindre froufroutement de plumes.

– Viens ici, Lididim. Laisse ces oiseaux, le réprimande Nazlet.

Pour éviter qu'il ne s'échappe et renouvelle le massacre du canard, l'enfant lui a noué une corde autour du cou et l'a attachée à un pieu qui soutient la cabane.

– Ce n'est pas pour te punir, lui explique Nazlet, la voix pleine de détresse. Tu fais ce que les chasseurs t'ont appris. Je vais essayer de te faire oublier le goût de la poursuite et du sang. Je n'aime pas les hommes qui tuent pour le plaisir.

Il cesse le tressage des corbeilles, s'approche de son chien, lui caresse la tête et plonge ses yeux dans le regard un peu fou de la bête, un regard qui n'a plus le même éclat qu'autrefois.

– Déesse Thouéris, implore-t-il, aidez-moi à lui faire oublier ce dressage. Qu'il retrouve la douceur que je lui ai connue.

Mais Lididim tire sur la corde dès que les doigts de l'enfant ne le caressent plus. Il flaire sans cesse, gratte, tente de s'échapper vers le marais à la recherche de gibiers à broyer entre ses fortes mâchoires. Nazlet observe son compagnon.

« Jamais je ne parviendrai à lui faire oublier le goût de la chasse. »

Dans l'après-midi du troisième jour, Nazlet détache Lididim et part à travers le marais. Il veut dénicher quelques œufs et cueillir des fruits pour le repas du soir. Le chien saute dans la petite barque et s'assied au milieu, regardant son jeune maître pousser sur la longue perche. Ce regard réconforte un instant l'enfant.

« Il n'essaie pas de suivre le vol des grues ou des hérons. Peut-être commence-t-il à oublier ? »

L'embarcation glisse sur des plantes aquatiques dont les larges feuilles collent à ses flancs. Lididim penche la tête. On dirait que des pensées contraires se heurtent dans sa mémoire, celles qui racontent l'amitié et la douceur, celles qui lui rappellent les poursuites. Nazlet espère, se force malgré tout à ne vouloir entendre qu'une voix en lui qui lui murmure : « Peut-être... avec beaucoup de temps et de patience... »

Deux hérons cendrés s'envolent derrière un rideau de tiges. Lididim se dresse vivement et saute jusqu'à la pointe de la barque, prêt à se jeter à l'eau pour les pourchasser.

– Lididim ! crie Nazlet pour le retenir.

Les hérons prennent de l'altitude. Le chien les suit du regard, la queue serrée bas entre les pattes. Il tremble à la vue de ces oiseaux qui échappent à ses crocs.

Nazlet le caresse, lui parle à mi-voix pour le calmer. Quand le Técem s'assied à nouveau, Nazlet reprend la perche et s'engage plus avant parmi les roseaux. D'autres oiseaux s'enfuient. Leurs ailes frappent les tiges des papyrus ou la surface de l'eau. De leurs becs aux formes variées, des cris de peur fusent au moment de l'envol. Le chien saute, le cou retourné, menaçant de faire chavirer la barque tant son désir de saisir les oiseaux est grand.

Nazlet cueille aussi vite qu'il le peut des tiges souples qui lui sont nécessaires pour confectionner ses corbeilles.

– On rentre, dit-il à Lididim.

A peine a-t-il déplacé son embarcation de quelques pas qu'il remarque le glissement silencieux d'un petit crocodile. Il n'a pas la taille des crocodiles qui attrapent parfois une vache adulte quand elle vient boire sur les rives du Nil, mais sa gueule a déjà trois pieds de long. En coupant les roseaux, Nazlet a provoqué des vibrations que l'eau a répercutées fort loin. Sans doute le crocodile affamé a-t-il cru à la chute de quelque animal en difficulté, ce qui peut signifier un repas pour son estomac vide.

Nazlet n'a pas peur des crocodiles. On lui a appris à les éloigner en les frappant à la base du cou, à l'endroit où les deux mâchoires se rejoignent. Deux ou trois coups suffisent en général pour décourager ce reptile peu courageux. Il soulève sa perche quand la surface de l'eau éclate près de lui.

– Lididim ! N'y va pas !

Il est trop tard. Le chien a aperçu le crocodile et nage pour l'attaquer. Le dressage auquel on l'a soumis et les chasses auxquelles il a participé ne l'ont pas habitué à une riposte de la proie. Aussi est-il surpris quand le reptile fouette l'eau de sa queue et ouvre la gueule.

– Reviens. Reviens.

Nazlet frappe le crocodile pour l'obliger à fuir. Le chien tente de mordre la carapace dure. Les deux animaux tournent, disparaissent, éclaboussent, jettent toutes leurs forces pour saisir l'autre. La pointe de la perche résonne contre la peau coriace. Le crocodile paraît réaliser son infériorité et tente de se dégager. Le chien croit la victoire à sa portée. Au lieu de revenir comme le lui crie son maître, il décide une nouvelle attaque. Le crocodile se retourne et lance un coup de gueule... un seul.

Il y a un hurlement de douleur et une large tache rouge teinte la surface de l'eau. Le crocodile se glisse parmi les herbes et disparaît.

– Lididim !

Le Técem n'est pas mort. Il surnage difficilement. Nazlet lui saisit les poils à pleines mains et le hisse dans la barque.

Une patte pend, retenue seulement par un lambeau de peau.

CHAPITRE XXI

Nazlet entend les gardes approcher, parler, appeler. Il ne bouge pas. Tout lui est indifférent maintenant. Une idée seule accapare son esprit : il faut sauver Lididim.

L'homme qui construit les barques de papyrus était là au retour de Nazlet. Il a regardé le chien et a marmonné quatre mots en guise de sentence :

– Il souffre... Vaudrait mieux en finir...

Le garçon a hésité. Le Técem continuait à perdre beaucoup de sang. Il avait peu de chances de survivre. Et puis, la mort n'était-elle pas préférable à la folie qui le poussait à se jeter sur tout ce qui bougeait ?

Comme Nazlet pleurait, le vieux l'a aidé à porter le chien dans un coin de la hutte.

– Je ne veux pas qu'il meure.

Le vieux n'a rien répondu. Il a regardé la patte brisée. Des coups de gueule de crocodiles, il en a vu beaucoup dans sa vie. Il a pris son couteau à la lame de pierre polie et a tranché le lambeau de peau qui retenait le membre mort. Puis il est allé chercher de l'argile, des herbes et il a enfoui le moignon dans un énorme cocon. Toute la nuit et la journée du lendemain, le chien a gémi sans reprendre connaissance.

– Ne crains rien, dit gentiment le chef des gardes. Nous ne te voulons pas de mal.

Nazlet n'a pas peur. Il paraît absent. Lui qui a tant redouté d'être découvert par les soldats s'étonne de ne rien ressentir. L'école des scribes lui semble lointaine, dérisoire. Ses yeux restent fixes. Il a passé tant d'heures à espérer que Lididim ne meure pas !

– Il faut venir avec nous, petit... Ne pleure pas. Le Nomarque en personne a promis que tu ne serais pas puni. Tout le monde s'inquiète de ton absence...

Le chef des gardes s'accroupit et observe l'animal fiévreux. Sa respiration laisse échapper des plaintes qui ressemblent à celles d'un bébé malade. Il n'y a guère de doute, les dieux de la mort appellent Lididim.

– Viens... Le Nomarque t'en donnera un autre, un jeune... dit-il en lui posant la main sur l'épaule pour le tirer de son immobilité et l'inciter à se lever.

– Un autre... répète Nazlet. Je ne veux pas d'un autre chien. Celui-ci est mon ami. Il va guérir. Il faut qu'il guérisse.

Le garde sourit. L'enfant parle enfin. C'est à lui de convaincre maintenant.

– Comment veux-tu qu'il guérisse ici ? Les plus grands médecins de Thèbes auraient du mal à le maintenir en vie !

– Les médecins de Thèbes...

– Allez, viens. Ton chien est déjà mort. Je te promets que le Nomarque t'en donnera un autre.

– Je veux qu'on le transporte chez les médecins de Thèbes, décide Nazlet. Si vous le transportez et qu'il vit, je ferai tout ce qu'on voudra...

Le chef des gardes a gagné. Il semble hésiter encore un instant pour ne pas perdre la face. Il bougonne, puis il ordonne :

– Construisez une civière avec des roseaux. On va l'emmener. Mais je ne suis pas sûr qu'il arrivera vivant à Thèbes, ajoute-t-il en se tournant vers l'enfant.

Le soir même, le Nomarque apprend que l'élève indocile est rentré au palais. On lui explique la raison de la fugue, les blessures du chien et les promesses faites pour obtenir son retour.

– Peuh ! Faire vivre un chien qui n'a plus que trois pattes ! commente-t-il en haussant les épaules. C'est une idée stupide, ce chien ne pourra jamais plus chasser.

Mais un calcul subtil s'élabore dans l'esprit du Nomarque :

« Le fils va bientôt retrouver son père. Il faut donc que je m'attire la reconnaissance du fils pour obtenir celle du père. Si les plus belles marchandises de sa cargaison sont à ce prix, il faut que ce chien vive... »

– J'ordonne qu'on guérisse cet animal. Faites venir au palais les plus grands médecins de la ville. Que des esclaves apportent tout ce qu'ils demanderont et qu'on les assure que je ne me montrerai pas ingrat : je leur donnerai beaucoup d'or...

La charge de ministre de Pharaon est à ce prix.

ÉPILOGUE

Trois mois ont passé.

Lididim n'est pas mort. Il a même retrouvé une belle vitalité qui lui permet de parcourir les rives du Nil en compagnie de Nazlet. Comme autrefois. Presque comme autrefois.

Nazlet a hésité pendant plusieurs semaines. Il voulait à tout prix quitter l'école des scribes, mais, par reconnaissance envers le Nomarque qui a donné beaucoup d'or aux médecins pour guérir Lididim, il n'a pas osé le dire. Un jour, il s'est confié à son père. Les plus belles marchandises de la cargaison ont pris le chemin du palais. En attendant de devenir ministre, le Nomarque a suggéré à Menhoutep de reprendre son fils pour en faire un marchand aussi entreprenant que lui.

– Viens, Lididim. On va se reposer sous les palmiers.

Le Técem clopine et s'allonge à côté de son maître. Sur la rive du Nil, des oies pataugent et fouillent les berges à la recherche de vers et de graines. Lididim dresse la tête et pointe ses oreilles. Il ne se précipite plus vers eux. Il sait qu'il n'a désormais aucune chance de les attraper.

– Demain, nous partirons sur le bateau de mon père. Il veut remonter le Nil très loin vers le sud et acheter les arbustes d'encens dont les prêtres ont besoin. Nous voyagerons ensemble. Ce sera bien.

Nazlet glisse ses doigts dans les poils. Il flatte l'encolure et sent les muscles se détendre sous sa main. Au début, il a désespéré de retrouver en Lididim l'ami d'autrefois. Le chien tentait de poursuivre les animaux et la fièvre s'allumait dans ses yeux à chaque envol d'oiseaux. Petit à petit, les poursuites ont cessé. La fièvre est chaque jour moins intense dans le regard qui suit les glissades des canards sur l'eau quand ils se posent. Lentement, les échecs répétés lui font comprendre l'inutilité de telles poursuites. Le terrible dressage qu'il a subi semble s'estomper.

– Ce n'est pas aussi simple, lui a expliqué son père. Tout comme le lion ou l'aigle, l'homme chasse pour se nourrir. De tous les êtres de la création, l'homme est le plus faible. Il n'a ni griffes, ni serres, ni jambes qui lui permettent de rattraper le gibier à la course. C'est pour cette raison qu'il dresse des animaux. Il a besoin d'aide.

Nazlet lui a répondu que les hommes se réjouissent quand ils ont beaucoup tué.

– Es-tu bien sûr que ni le lion, ni l'aigle n'éprouvent du plaisir à chasser ? N'as-tu jamais entendu les grognements de joie du léopard quand il tient la gazelle entre ses pattes ?

Nazlet a beaucoup réfléchi. Il éprouve des difficultés à trouver les mots pour traduire ses pensées, mais il sent que les hommes qui dressent des chiens n'agissent pas comme les autres prédateurs. Sans comprendre ce qu'ils faisaient, le Nomarque et ses dresseurs ont abîmé son

Técem et ce dressage cruel ne disparaîtra que très lentement, s'il disparaît un jour.

– Le dressage, c'est une tradition. Ce que les anciens ont fait leur sert de modèle. Les hommes ne se posent pas tant de questions, a repris son père.

Nazlet s'interroge sans comprendre. Des félouques passent sur le fleuve.

– Viens. On rentre à la maison.

Il se lève et marche vers la ville. Dans la direction opposée, des hérons se posent près des rigoles d'irrigation. Le chien regarde tour à tour les oiseaux et son maître. Il hésite.

Puis, il sautille et rejoint Nazlet.

INFORMATIONS

Cascade

PHARAON

Pharaon est, pour les Égyptiens, un dieu vivant, héritier de la royauté solaire. Son rôle est de faire régner l'ordre. Il est le maître absolu, intermédiaire unique entre le monde des Dieux et celui des hommes.

Il est le chef du culte, le juge suprême et le responsable de toute guerre ; il assure la prospérité du pays et veille à sa bonne administration.

Parmi les pharaons les plus connus : Menès, Chéops, Ramsès II, Hatchepsout (femme roi), Thoutmosis, Toutankhamon.

L'ÉGYPTE

L'Égypte est un pays africain situé entre deux déserts : celui du Sahara et le désert arabique. Les pluies y sont rares mais le pays est traversé par le Nil, source de fertilité et de vie. Les crues de ce fleuve inondent la vallée et apportent des alluvions, de mi-juin à septembre. Depuis la mise en place du barrage d'Assouan en 1970, le phénomène des crues est régulé.

Le pays se divise en deux zones : la zone dite de Terre Noire, cultivable, très peuplée, qui forme une bande sur les deux rives du Nil. Et la zone de Terre Rouge, brûlée par le soleil et disait-on dans l'Antiquité le monde des forces du mal : divinités hostiles, animaux sauvages... C'est aussi le riche domaine des mines et des carrières.

Le Nil est le plus long fleuve du monde, quelque 6 400 kilomètres. Il prend sa source dans le lac Victoria. Il est tour à tour fleuve équatorial, tropical et désertique. Navigable, il est surnommé le fleuve sacré, le fleuve de la fécondité. Au nord du Caire, le fleuve se ramifie et forme un large delta avant de se jeter dans la Méditerranée.

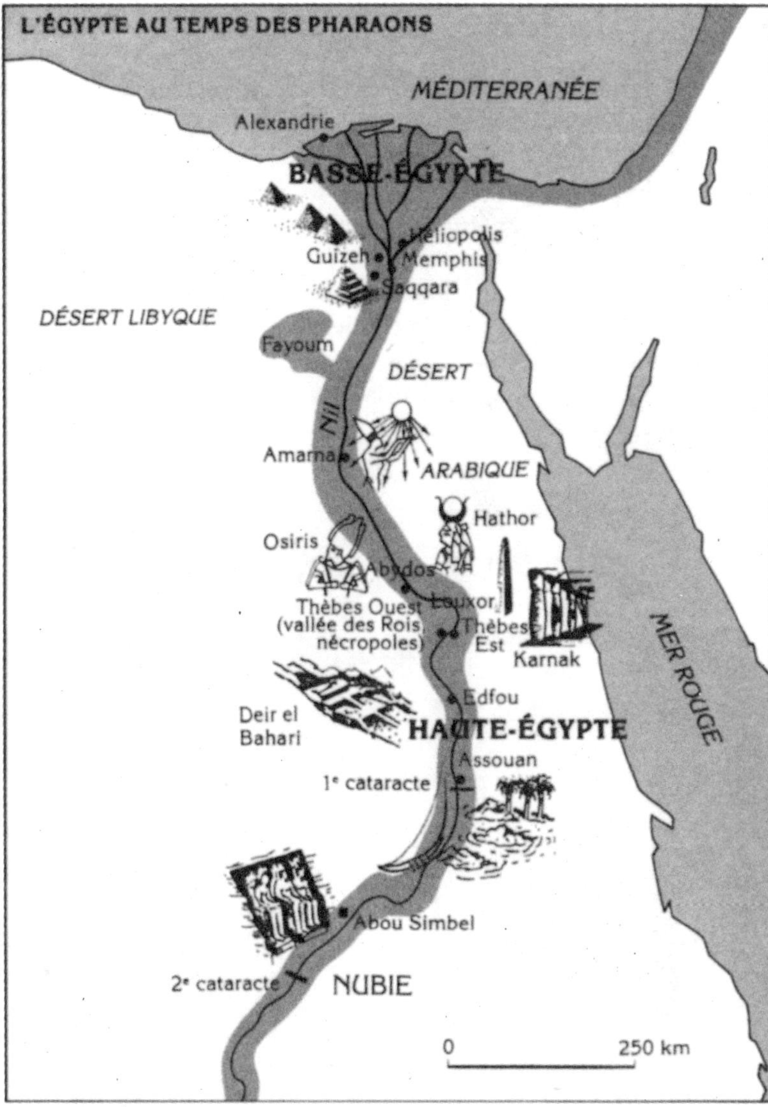
L'ÉGYPTE AU TEMPS DES PHARAONS
MÉDITERRANÉE
Alexandrie
BASSE-ÉGYPTE
Héliopolis
Guizeh
Memphis
Saqqara
DÉSERT LIBYQUE
Fayoum
DÉSERT
NIL
Amarna
ARABIQUE
Hathor
Osiris
Abydos
Louxor
Thèbes Ouest
(vallée des Rois,
nécropoles)
Thèbes
Est
Karnak
MER ROUGE
Edfou
Deir el
Bahari
HAUTE-ÉGYPTE
Assouan
1e cataracte
Abou Simbel
2e cataracte
NUBIE
0
250 km

LES SCRIBES

Pharaon se fait aider dans sa tâche par des fonctionnaires maîtrisant l'écriture et dont la situation est privilégiée. Rares sont les hommes qui savent lire et être instruit implique une supériorité. Les scribes travaillent sous les ordres des vizirs, hauts fonctionnaires et prêtres.

Le scribe est comptable mais aussi parfois fin lettré. Il s'engage à ne rien tramer ou falsifier avec son calame.

Au Louvre, on peut voir la statue célèbre du scribe accroupi.

Les deux scribes (dessin d'après une peinture murale assyrienne du VIIIe siècle av. J.-C.)

L'ÉCRITURE

L'écriture, telle que nous la connaissons, n'était au départ qu'un système très rudimentaire servant à pallier les lacunes de la mémoire humaine.

Il ne s'agissait que de chiffres et d'idéogrammes, sorte de dessins désignant un objet, un animal ou une idée sans indiquer les sons du mot correspondant.

Cette écriture évolue vers le syllabisme quand les Sumériens utilisent les signes pour leur valeur phonétique. Puis la forme des signes change et ressemble de plus en plus à des combinaisons de petits clous.

En Phénicie, un système d'écriture est enfin fondé avec division des syllabes en voyelles et consonnes. Cela permet d'utiliser un très petit nombre de signes, trente environ, dont la liste constitue l'alphabet.

Quelques lettres de différents alphabets

LES HIÉROGLYPHES

A la suite de l'expédition de Bonaparte en Égypte, plusieurs savants essaient de déchiffrer une pierre trouvée dans le delta du Nil.

En 1822, Champollion découvre la clef du déchiffrement des hiéroglyphes.

L'écriture hiéroglyphique est formée de la combinaison de trois sortes de signes :

1) ceux qui représentent des idées :

la bouche (r) : 𓂋 — le bras (ê) : 𓂝
la tête (tp) : 𓁶 — la vie (ankh) : 𓋹
marcher (ii) : 𓂻

2) Certains de ces signes peuvent être employés indépendamment de leur signification, pour leur valeur phonétique, comme dans un rébus :

le soleil (rê) = r + ê : 𓂋𓂝

3) Des déterminatifs permettent de préciser la catégorie du mot et son sens :

𓇳 le soleil détermine non seulement l'astre mais aussi les mots en rapport avec le temps.

𓀭 détermine les divinités et les rois.

L'orthographe la plus complète pour le nom du dieu soleil Rê est donc : 𓂋𓂝𓇳𓀭

L'ÉVOLUTION DE QUELQUES SIGNES

Lecture	Traduction	environ 3000 av. J.C.	environ 2500 av. J.C.	environ 800 av. J.C.
pisan	panier	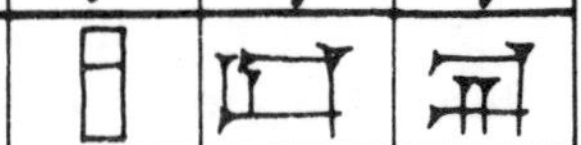		
doub	tablette	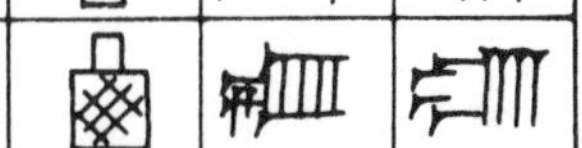		
she	grain, orge	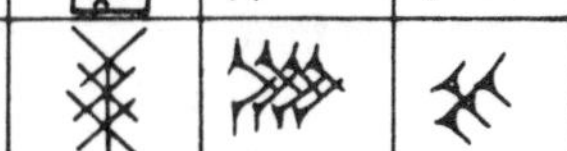		
nou-moun	semence			
anshe	âne			
kou	manger	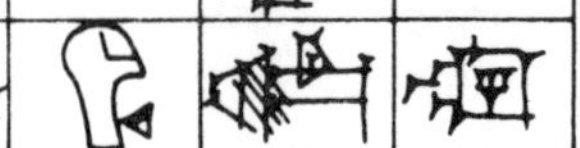		
sag	tête, conducteur	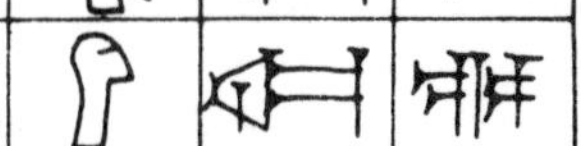		
apin	charrue			
an	dieu, ciel	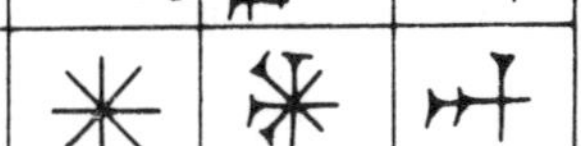		
ne	fourneau	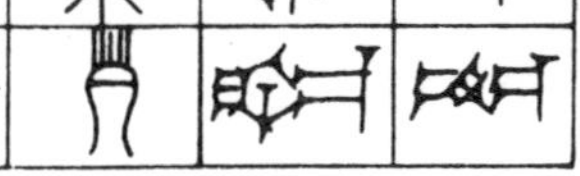		

LE CROCODILE

Le vrai crocodile se reconnaît à son museau ainsi qu'à la quatrième paire de dents de sa mâchoire inférieure qui se loge dans une paire d'encoches de la mâchoire supérieure.

Il va de 2 à 6 mètres de long et peut peser 500 kilos. Il vit en eau douce et reste le plus souvent étendu sur le rivage, ou flotte entre deux eaux, le museau émergeant à peine. Il dégage une odeur musquée.

On distingue le crocodile du Nil de celui des marais (Inde, Extrême-Orient) et de celui d'Amérique et des Antilles.

Le caïman, ou alligator, a un museau plus carré et plus court et ses canines se logent dans des alvéoles. Faisant rarement plus de 5 mètres, il possède une carapace ventrale plus dure que celle du crocodile. Il vit en Amérique centrale et du Sud et est en voie de disparition.

Le gavial a un museau fin et étiré. C'est le plus grand de tous : 6 mètres et plus. Au contraire du crocodile, il n'attaque pas l'homme malgré ses cinquante dents fines et espacées pour chaque mâchoire.

On distingue le gavial du Gange et celui de Schlegel (à Bornéo et en Australie).

Le crocodile est un animal qui vit longtemps, le record connu est de 56 ans. C'est aussi un animal rapide, il peut rattraper l'homme à la course. Sa vitesse est d'environ 12-13 km/h sur terre et 20-25 km/h dans l'eau.

LE LÉVRIER

C'est un chien au museau allongé, au corps mince, aux jambes longues. Chien du désert, très agile et rapide mais aussi féroce et peu intelligent, il excelle à forcer gazelles et antilopes.

Le lévrier d'Afrique a un pelage ras : la bête semble nue tandis que le lévrier du Kurdistan a une fourrure longue et soyeuse.

Le lévrier atteint en vitesse de pointe 70 km/h. On organise en France des courses de lévriers depuis plus d'un siècle sur des cynodromes.

Il y a 6 ou 8 chiens par course de 200 à 1 000 mètres. Il s'agit de courses en ligne, à obstacles ou avec handicap-distance.

Les lévriers coureurs les plus réputés sont les *whippets,* les *greyhounds,* les *afghans* et les *galgos.*

L'AUTEUR

Roger Judenne est né à Chartres, une ville qu'il adore et où il vit toujours. Mais il a grandi au milieu d'un village, dans une maison entourée de fermes et d'animaux, à une époque où la campagne ressemblait aux images des albums.
Il aime l'Histoire, quand elle ne rapporte pas les seuls noms de batailles et de rois, mais fait revivre les hommes qui sont passés sur la Terre avant nous. « Connaître le passé, n'est-ce pas un moyen de comprendre le présent et, peut-être, de mieux préparer l'avenir ? »
Les qualités qu'il apprécie le plus : la tolérance et la capacité à comprendre les autres.

L'ILLUSTRATEUR

Christian Heinrich est né en 1965 à Sélestat, une petite ville alsacienne. « Élevé et nourri au dessin sur les genoux de mon grand-père qui me crayonnait déjà quelques personnages dans les marges de son journal, il n'y avait qu'un pas à franchir pour que je me retrouve assis sur les bancs de l'École des Arts décoratifs de Strasbourg… nourri cette fois par l'enseignement de Claude Lapointe. Dès lors je suis passé de la marge des journaux et des cahiers à la pleine page imagée, où j'aime à raconter et décrire l'histoire, les peuples, les cultures… Plus que reproduire un monde, il s'agit pour moi de produire un monde dans la continuité du texte. »

COLLECTION

Cascade

9 - 10

COLLECTION
Cascade

11 - 12

L'ACROBATE DE MINOS
L.N. Lavolle.

ADIEU BENJAMIN
Chantal Cahour.

UNE AMITIÉ BLEU OUTREMER
Yvon Mauffret.

L'AMOUR K.-O.
Jean-Paul Nozière.

LE BALLON D'OR
Yves Pinguilly.

B COMME BÉATRICE
Geneviève Senger.

BONS BAISERS DE CALIFORNIE
Marie-Noëlle Blin.

C'EST LA VIE, LILI
Valérie Dayre.

COMME SUR DES ROULETTES
Malika Ferdjoukh.

COUP DE FOUDRE
Nicole Schneegans.

LA COUR AUX ÉTOILES
Évelyne Brisou-Pellen.

CYRANO JUNIOR
François Charles.

LE DÉFI DE MISS CAMBOUIS
Marie Dufeutrel.

LES DEUX MOITIÉS DE L'AMITIÉ
Susie Morgenstern.

L'ÉTÉ JONATHAN
Marie Dufeutrel.

LA GRIFFE DES SORCIERS
Évelyne Brisou-Pellen.

LA GRIFFE DU JAGUAR
Yves-Marie Clément.

L'INCONNU DU JEUDI SOIR
Roselyne Bertin.

LE JOUR DU MATCH
Gilberte Niquet.

MON JOURNAL DE GUERRE
Yvon Mauffret.

LE MYSTÈRE DE LA NUIT DES PIERRES
Évelyne Brisou-Pellen.

PAULINE EN JUILLET
Jacqueline Mirande.

UN PONEY BLANC NEIGE
Anne Eliot Crompton.

PRISONNIER DE LA RIVIÈRE NOIRE
Alain Surget.

PRISONNIÈRE DES MONGOLS
Évelyne Brisou-Pellen.

RENDEZ-VOUS AU COLLÈGE
Stéphane Méliade.

LE SECRET DE JESSICA
Michel Amelin.

SÉRIE NOIRE POUR BABACAR
Michel Girin.

UNE SIXIÈME EN ACCORDÉON
Jean-Paul Nozière.

LE TRÉSOR DU MENHIR
Yvon Mauffret.

UN TRÉSOR DANS L'ORDINATEUR
Jacques Asklund.

LA VOIX DU VOLCAN
Évelyne Brisou-Pellen.

LE VOLEUR DE PANDAS
Alain Surget.

Achevé d'imprimer en janvier 1997
sur les presses de l'Imprimerie Hérissey
à Évreux (Eure)
Dépôt légal : janvier 1997
N° d'édition : 2852
N° d'imprimeur : 75850